AF431252